푸른사상 시선 148

나는 누구의 바깥에 서 있는 걸까

푸른사상 시선 148

나는 누구의 바깥에 서 있는 걸까

인쇄 · 2021년 8월 30일 | 발행 · 2021년 9월 5일

지은이 · 박은주
펴낸이 · 한봉숙
펴낸곳 · 푸른사상사

주간 · 맹문재 | 편집 · 지순이, 김수란, 노현정 | 마케팅 · 한정규
등록 · 1999년 7월 8일 제2-2876호
주소 · 경기도 파주시 회동길 337-16(서패동 470-6) 푸른사상사
대표전화 · 031) 955-9111(2) | 팩시밀리 · 031) 955-9114
이메일 · prun21c@hanmail.net /prunsasang@naver.com
홈페이지 · http://www.prun21c.com

ISBN 979-11-308-1812-2   03810
값 10,000원

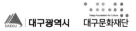

본 도서는 2021 대구문화재단 경력예술인 활동지원으로 출간되었습니다.

푸른사상
시선
148

나는 누구의 바깥에
서 있는 걸까

박은주 시집

푸른사상
PRUNSASANG

서로 닿지 못해 떠다니는 그리움은 어디로 가나

갈 곳을 잃어버린 언약은 어디를 떠도나

공허한 언어들의 멍울은 어디를 헤매나

그 쓸쓸함 그 외로움은 어디로 가나

죽어도 끝나지 않을 이 길 위에서

나는, 나는 무엇으로 사나

2021년 8월
박은주

| 차례 |

■ 시인의 말

제1부

제2부

제3부

제4부

제1부

빈집

어머니 생각을 하며 길을 건너는데
하아, 어머니가 저기 네거리 벤치에 앉아 있습니다
허공으로 눈빛을 흐트러뜨린 채 무얼 벗고 있는지
자꾸 검은 눈동자를 걷어내면서
내가 다가가도 모른 채 하얘져버린 동공이
빈, 집을 짓고 있습니다
어머니 안에 어머니가 없는 것처럼
빈 수레 하나 덜컹덜컹 어디론가 가고 있는 것처럼
쓸쓸한 시간의 간극을 흐트러뜨리며
아직은 보낼 수 없는 사람 하나가
하아, 저기 앉아 있습니다

빙점 1

아무리 좋은 곳에 있어도 배는 고프다
아무리 좋은 사람과 있어도 배는 고프다
사치스러운 것들에 마음을 팔고
게으른 몸에 시간을 팔아도 배는 고프다
슬픈 영화를 보고 난 후에도 배는 고프고
친구가 죽은 날도 배가 고팠다……
털썩, 주저앉은 밥상머리에서
자존의 슬픈 구애가 저를 허물며 숟가락질을 했다
아니라고, 아니라고 아무리 우겨봐도
한 마리 짐승처럼
한 마리 벌레처럼
결국에 돌아오는 자리는 밥상머리였다
더 이상 갈 데가 없었다

빙점 2

허기진 길고양이의 눈은 아니 그 눈빛은 얼마나 애절한지
꼭 연인을 보내는 젖은 눈 같지

가끔 마루 밑에 숨어들어 저의 허기를 나에게 알리는 그
울음도 보낼 수 없는 사람을 떠나보내는 울음 같지

허기진 몸도 허기진 마음도 어디 갈 곳 없이 떠돌다가 왜
눈으로 깃드는지, 왜 그런지

마음이 허기진 나는 라면을 끓인다 깊은 허기를 가볍게
때우기 위해 끓고 있을 이 세상 모든 라면을 생각하며

배고픈 나무 벌레가 파먹다 버린 이파리 하나 마당 귀퉁
이에서 늙어가는 고독의 설운 눈을 후렁, 후렁 파먹고 있다

지안이의 담요

지안이가 아기 때 덮고 자던 담요를
다섯 살이 되어서도 가지고 다니는 건
담요에 배어 있는 엄마젖 냄새에 저를 기대는 거라지

언제부터였을까
엄마와 세상 사이에서 세상과 저 사이에서
삶의 균형이 흔들리는 초점을 가지게 된 건

어쩌다 길을 잘못 든 사람들이
노름이나 마약 같은 몹쓸 것에 저를 기대거나
절망이나 좌절에 저를 맡기는 일은

흔들리는 저를 붙잡아달라고
엄마, 엄마 하고 부르는
지안이의 목소리인지도 모른다

사람의 시간은
허공을 걸어 저의 숨으로 삶을 붙잡는

외줄 타기 곡예 같아서

혼자라는 두려움 덜어내기 위해
여름에도 겨울처럼
지안이는 담요를 끌어안는지도 모른다

어느 오후에

어느 날부터
열매를 맺지 못하고 꽃을 피우지 못하는
늙은 호두나무 아래

깨진 유리조각과 다리가 부러진 밥상이
서로 기대어 앉아 있다

상처는, 상처에게 기댄다는 듯

한때는 푸른 잎 무성했던 늙은 호두나무도
다리가 부러진 밥상처럼 처연하고
날마다 찬란했던 밥상도
깨진 유리처럼 쓸쓸하여

늙은 형제들이 모여 앉듯 어데 갈데없이 모여 앉아
어머니 없는 빈집처럼 아련한 그늘을 만들고 있다

어디선가 날아든 스티로폼 조각도

찢어진 비닐봉지도
세상을 떠돌다 집으로 돌아오듯
그렁그렁 모여 앉아

떨어져 내리는 희나리 사이로
씀바귀 노랑꽃 하나를 키우며
살다가 헐어진 사람의 속처럼 앉아 있다

또 다른 생각

누가 입어도 예쁜 맵시가 흐르는 원피스를 만드는 양장점이 있었으면 좋겠다

볼이 넓어도 핏이 살아 흐르는 구두를 만드는 구둣방이 있었으면 좋겠다

아무도 살지 않는 빈집, 우체통에 꼬박꼬박 날아드는 공과금 기본요금처럼

누군가 떠난 후에도 가끔은 그를 만날 수 있는 시간이 꼬박꼬박 날아오면 좋겠다

꼭, 한 번만이라도 놓쳐버린 것들을 붙잡을 수 있는 쿠폰이 있었으면 좋겠다

아무 일 없는 것처럼 그냥 아무 일 없는 것처럼 얼룩진 순간들을 내다 버리고

무엇에도 접붙인 적 없는 순결의 하얀 눈부심은 그대로

두었으면 좋겠다

  못된 자아도 어리석은 행실도 속 좁은 됨됨이도 더, 도드
라지는 검은 밤

  그래도 괜찮다고 날마다 다시 찾아오는 새벽 같은 내 편
이 있었으면 좋겠다

휘파람을 불며

누가 그러는데
아는 남자가 밤마다 울면서 전화를 한다고 했다
나는 아침에 가끔 우는데

사람은 정말 작구나 싶고 하늘은 너무 무심하구나 싶어

무심히 집을 나섰다가 오래 돌아오지 못했던 그날 이후

나는 잘 웃지를 못하는데
멍하니, 그냥 멍하니 시간을 흘려보내고
조금씩, 조금씩 밖으로 가는 길을 지우며
어디 멀리 가지도 못하는데

어떻게 알았겠어
모든 것의 깊은 곳에는 블랙홀이 있다는 거
그 검은 아가리를 들여다보면 안 돼
절대 눈을 마주치면 안 돼
그걸 따라가면 안 돼

안 돼……

누가 호미를 빌려주겠다고 해서 풀밭을 찾아갔다
그러나 질긴 뿌리는 쉬이 뽑히지 않았다
그날을 꽉, 움켜잡은 채 흙을 놓지 않았다

어느 날 불쑥 문을 두드리는 낯선 목소리를
밤이면 우는 그 남자는 알까

짬밥의 구력은 힘이 세다

떠억, 벌어진 어깨로
해병대 현역 유격대 조교 병장으로 제대를 하고
아이가 집으로 돌아왔다

"엄마, 이제 아들만 믿어"

'믿어'라는 말 참으로 오랜만에 듣는 말인데
어느새 대문에는 낡은 우편함이 사라지고
욕실에는 새 변기가 들어앉는다

믿어, 하고 말해본 적 언제였던가
나를 믿으라고 믿어도 된다고
그 말 마음에 품고 살았던 날들이 분명 있었는데

저렇게 잘생긴 청년이 엄마를 믿듯
저 아름다운 청년이 내일을 믿듯
다시 한번 누굴 향해 믿어보라고
나를 한번 믿어보라고,

그러면 그도 저를 믿으라고 말해줄 텐데

아이는 무엇이든 번쩍 들고 가볍게 놓는다
오며 가며 나를 들었다 놨다 한다

허약한 것들이 견디지 못해 스스로 놓고 마는
시시한 맹세는 싫다

가을에 부는 봄바람은요

폭우가 산봉우리를 흔들며 지나간 뒤
끊어질 듯, 끊어질 듯 아스라한 산길을 주워
누가 꿰매고 있다

저 모래주머니며 쇠파이프며 실밧줄은 어떻게 여기까지
지고 왔을까

그는 예전에 많이 아팠다는데

그처럼 아픈 사람들이 찾아온다는 갓바위 가는 길

여름내 흐트러진 그 길을 모아 이어주더니
가을이 오자 약사암 넘어가는 산길을 다듬고 있다
아직은 불편한 것 같은 오른팔을 끙, 앓으며
기울듯, 기울듯 흔들리는 균형이 오른쪽을 끙, 붙잡으며
먼저 아파본 그가 가만히 부둥켜안고 있다

혼자만이 아는 절망도 깊어지면 길이 된다는 걸
먼저 알아챈 그 사람

같이 가자고, 같이 가자고 길을 내밀며

봄인 듯, 봄인 듯 그 바람 속에 머리카락 날리며 서 있다

민망한 이야기

사람은 무엇을 하든 그저 결핍뿐인 짐승이라
꽃이나 나뭇잎이나 향기 같은 건 될 수 없지

사람은 어디를 가든 그저 욕심뿐인 짐승이라
무얼 밟거나 흔들거나 꺾을 뿐이지

사람은 그저 딱 상실뿐인 짐승이라
정말이지 미련뿐인 짐승이라

멈출 줄 모르는 수치를 안고서도
싱글벙글 사람 좋은 척하며 살지

그런 세월은 얼마나 때가 잘 타는지
정말이지 얼마나 쉽게 더러워지는지

그걸 말로는 다 못 해 정말이지 말로는 다 말 못 해
때로는 눈이 눈물로 말을 하네

열심히 세수를 하고 이를 닦아도

도무지 사라지지 않는 냄새 앞에서

눈물이 아니면 무엇으로 삶을 씻으리
눈물이 아니면 무엇으로 생이 깨끗해지리

바람의 구도

오르고 또 오르면 소원을 들어준다는
그 산에 바람이 분다
나도 소원이 있는데
산에 올라야 하는데

더 이상 늙지 않겠다던 바람은 아주 늙어
산기슭에 버려졌는지
나무의 울음이 자꾸 깊어진다

말로는 다 말하지 못하는 괴로움이 있어
눈에 눈물을 담고서도 울지 못하는 서러움이 있어
마음의 골을 돌아, 돌아 눈물이 흐르듯

음지에 붙어 젖어가는 산그늘도
아직은 푸른 잎들 아직은 흐르는 개울도
바람이 부려놓은 메아리처럼
자꾸 숲을 따라 운다

내가 어쩔 수 없듯 저도 어쩔 수가 없는지

그렁그렁 눈물을 매달고 그늘 속, 나무 이끼들이 운다

사람이 세상에 올 때 지고 온 건 오직 눈물뿐인데
산에도 숙명처럼 눈물이 사는지

별이 빛나는 밤에

별아 너는 아니
웃음소리의 등에는 눈물이 말라붙는 거

나무가 햇살을 업듯 환해지고 싶어서
햇살의 등에 말라붙은 그림자처럼

외로움이나 쓸쓸함도 환해지고 싶어서
서로의 등에 말라붙는 거

욕망은 결핍을 넘어설 수 없어
미움은 그리움을 넘어설 수 없어

가슴속에 숨어 있는 말들이
눈동자에 말라붙는 거

괜찮아, 괜찮아 하면서도
아니야, 아니야 하면서도

남들처럼 살고 싶어서 남처럼 살다가

저의 생이 남의 등에 말라붙는 거

별아 너는 아니
사람은 그렇게 서로의 등껍질이 되는 거

시인

눈에 꿀 한 방울씩 떨어뜨렸다
꿀이 눈병을 낫게 한다기에

서리 맞은 어린 뽕잎을 끓인 물로 눈을 씻었다
어느 옛사람이 그렇게 눈병을 고쳤다기에

눈으로 연결된 혈자리마다 뜸을 놓았다
뜸을 놓을 때마다 기도를 했다

보게 해주세요…… 제발 보게 해주세요

눈이 먼 음악가도 있고 눈이 먼 화가도 있지만
눈이 먼 시인은 없다고 누가 말했다
눈이 멀면 시를 쓸 수 없는 거라고

그때야 알았다
시인은 세상을 보고 세상을 말하는 눈이라는 걸

다시, 설정하다

살아가는 날들을 운명이라고 부르면 안 된다

물려받은 이름을 팔자라고 부르면 안 된다

주어진 문제들을 굴레라고 부르면 안 된다

피지 않은 것들을 숙명이라고 부르면 안 된다

넘어져 우는 시간을 좌절이라고 부르면 안 된다

산다는 것은 우는 일이고 운다는 것은 살아 있는 힘이니

아직 오지 않은 내일을 절망이라고 부르면 안 된다

제2부

사람 그 쓸쓸한 이름

사람이 야망을 쫓아가는 것 같지만
사실은 사람을 쫓아가는 것이네

사람이 세상을 떠돌아다니는 것 같지만
사실은 사람 사이를 떠돌아다니는 것이네

사람이 보석이나 이름을 얻으려는 것 같지만
사실은 사람의 마음을 얻으려는 것이네

사람이 어디에서 무엇으로 살든
외로이 떠다니는 불씨 하나 안고 있어서

길이 아닌 길도 만나고 사랑 아닌 사랑도 만나지만
삶이 가는 길은 쓸쓸하므로

끝까지 사람이 그리워하는 것은 사람이라네
나중에 아주 나중에라도 기다리는 건 사람이라네

시간을 붙들며

고추 모종 아홉 포기가 누렇게 얼굴이 뜨고 있는 건
팔려가지 못해 젊음을 놓치고 그만 늙어버렸기 때문

그랬다 우리는 늘 누군가 사주기를 기다리면서
젊음을 시간을 고백을 생각을 사주기를 기다리면서

우리의 젊음이나 시간이나 희망이나 이름을
그 값으로 주면서 또 받으면서

사고 팔면서 팔고 사면서 시들어가는구나, 시들어가
풀벌레처럼 파르르, 거리는구나 파르르거려

한물간 삶도 꼭 끌어안고 놓지 않는 속살 같은 그 무엇
꼬옥 끌어안고서 늙어가는 모종을, 시간에 심는다

살아가는 동안 버릴 수 없는 슬픔 하나 거름으로 얹히면
너는 나에게 나는 너에게 떡잎 하나로 매달릴지도 몰라

사유의 편력

세상 같은 건 알지 말걸 그랬다
사람 같은 건 알지 말걸 그랬다

세상의 얼굴에는 두께가 있고
세상의 길에는 갈림길이 있는 걸 알았더라면

집을 나서지 말걸 그랬다
길을 떠나지 말걸 그랬다

누군가 웃는 일에 누군가 울어야 하고
어떤 희망이 또 다른 절망이 되는 걸 알았더라면

마당에 꽃이나 가꾸고
창가에 바람이나 닦을걸 그랬다

세상 모든 앎의 시간 위에는 거울이 있어
가여운 너와 나의 삶을 비추는 걸 알았더라면

한마디라도 덜 들을걸 그랬다
한 사람이라도 덜 만날걸 그랬다

있지만 있지 않은 것들

서로 닿지 못해 떠다니는 언약은 어디로 가나
갈 곳을 잃어버린 마음은 어디를 떠도나

우리 수목원 앞 식당에 월남쌈 먹으러 가요, 그 목소리
시계풀 따다가 꽃시계 만들러 강가에 가요, 그 다정은
어디로 갔나

아아, 그 눈빛 그 기억은 어디를 떠도나

꽃이 지고 있다 날이 가고 있다 먹구름이 밀려오고 있다

순간이란 시간에는 나중에, 나중에, 라는 이름은 없어
시간이 닫아버린 순간에 갇혀버린 나중에, 나중에는
어디로 가나

오븐에 넣은 빵은 너무 오래 굽지 말아야지
놓쳐버린 순간에는 나중은 없어
물에 담근 색깔 옷은 얼른 건져야지

자목련이 지고 있다, 라일락이 피고 있다
닿지 못한 그리움은 어디로 가나

있지만 있지 않은 것들이 사라져갈 때
나의 나중에를 끌고 가버렸다

방충망 장수의 말

꼭 걸러야 할 무언가가 있다는 듯
낡은 쪽문을 떼고 방충망을 다는 그는

해충이 몸을 무는 것 같지만 실은 마음을 무는 거라며
방충망 하나면 근심 걱정 다 걸러줄 거라는데
그래 살다가 물리는 건 몸이 아닌 마음이었지

그런 마음을 뒤적이며
전화번호부 목록을 정리하는 것도
조리로 불린 수수를 일며 돌을 거르듯
누군가를 거르는 일이었지

방충망 장수는
다시는 물리지 않겠다는 듯
어느새 옆집 쪽문을 떼고 방충망을 단다

그날 저녁
방충망에 달라붙어 불빛을 쫓는 해충과

방충망에 달라붙은 해충을 쫓는
그렇게 방충망을 사이에 두고 쫓고, 쫓기는
그림자를 보며

나는 누구의 바깥에 서 있는 걸까
나는 누구를 바깥에 세워놓은 걸까
생각했다

하루살이의 초상

시장 상인들이 시위를 할 때
노점상들은 그곳에 끼어들 수 없다

일용직 노동자나
학자금 대출을 받은 편의점 알바생은
비정규직을 정규직으로 전환시켜달라는 시위 같은 건
감히 엄두를 내지 못한다

그러니까 정말로 가난하면 아무것도 할 수가 없다
정말로 아무것도 못하는 그런 가난이 있다

길바닥에 쪼그리고 앉아
두 개에 천 원 하는 애호박이나
세 묶음에 천 원 하는 깻잎을 담고 있는
빨간 소쿠리처럼

딱, 그 자리에 발목 잡힌 가난이 있다
아무것도 쌓을 수 없는 티끌 같은 가난이 있다

일본이 백색 국가 목록에서 우리나라를 제외한 후
일본 제품 불매 운동 일인 시위가 뜨거울 때도
그 목소리에 끼어들지 못하는

기가 죽은 허기가 있다
하루살이 같은 하루의 가난이 있다

출세에 대한 편견

출세를 할 수 있을까
아니야 출세는 못하는 거야 그냥 꿈만 꾸는 거야
학교 다닐 땐 죽어라 공부하며 일등을 바라보지만
일등은 하는 애들이 딱 정해져 있지
졸업을 하면 대기업에 취직을 꿈꾸지
하지만 대기업은 꿈만 꾸다가
월급이라도 꼬박꼬박 받길 바라지
그러고는 멋진 상대를 만나 결혼을 꿈꾸지만
딱, 나 같은 사람 만나 연애하다 결혼하는 거야
아이가 생기면 아이에게 꿈을 떠넘기지
너는 위대한 사랑의 결실이라고
가족은 똘똘 뭉치는 거라고
같은 숟가락을 빨며 엉겨 살아가는 거야
그게 보통 사람들의 평범한 삶이지
짱, 한번 먹어보겠다고 한철을 미친 듯이 살다가
어느 길목에 버려두고 온 나를 찾으며 깨닫는 건
보통 사람이 보통으로 살아가려면
정말 열심히 살아야만 한다는 거지

가끔 성공이라는 목표의 지점을 한 단계씩 내리면서
꿈의 크기도 줄어드는 거지
그렇게 허리가 굽고 몸의 키도 줄어들면
인생의 무게도 가벼워지는 거지
그러니까 출세는 하는 게 아니야
살다가 가끔 처다보며 웃는 별 같은 거지

바람 부는 날

끝나야 하는데 끝나지 않은 것들이
있어서일까
나는 창문을 닫지 못한다

어디론가 통하는 길이
꼭 창가로 나 있는 것 같고
무언가 꼭 창가로 날아올 것만 같아

무얼 잃어버린 거 같은 마음에
괜히 가슴을 쓰다듬으며
창문을 닫지 못한다

공허한 허공이 가랑가랑 흔들리고
뿌리만 남기고 잎은 떠나보낸 대머리 잡초가
이파리도 없이 흔들리듯

마음을 잡지도 못한 채로
창문을 닫지도 못한 채로

자꾸 가슴을 쓰다듬는데

바람 부는 날은
그럴 일이 아니었다
창문을 열어두는 게 아니었다

시인 백서

고요에 고요를 들이면 시가 될까

집을 나가 떠돌아다니면 시가 될까

세상에서 무얼 훔치면 시가 될까

그런 간절함의 벼랑 위에서 절망은 늘 힘이 셌지

배고픔도 잊은 채로 시를 기다렸지

다른 건 아무래도 좋다고

시만 와주면 된다고 생각했지

아름다운 것들은 시가 되지 않는다는 말처럼

빛나는 것들도 시가 되지 못했지

정녕 아름다운 것들은 진주 같아서

낮고 어둡고 깊은 곳에 숨어 살았지

아무나 볼 수도 없고 아무나 만질 수도 없고

쉽게 다가갈 수도 없었지

그래 시는 그런 거였어

아무리 원해도 잘 오지 않는 것

웃고 떠드는 눈으로는 볼 수 없는 것

나를 텅 비우고서야 겨우 나를 불러주는 것

마침내 나도 낮고 어둡고 깊어지는 것

그리하여 비로소 시를 일으키는 건
간곡함의 가장 아득한 곳에 사는 슬픔과
슬픔의 가장 아득한 곳에 사는 희망이었지
나는 그렇게 시를 만났네
나는 그렇게 시인이 되었네

이웃집 사람들

사람이 사람을 사랑하는 일은 너무 간절해
그 마음 견디느라고
꽃을 사랑하거나 돈을 사랑하거나 하지만

다정한 목소리 따뜻한 온기는 너무 절실해
꽃을 사랑하는 중에도 사람을 생각하고
돈을 사랑하는 중에도 사람을 생각하네

설레는 눈빛 마주 보고 싶은 애달픔으로
어느 풍경을 사랑하거나
어느 동물을 사랑하거나 하지만

사람이 사람을 얻는 일은 너무 어려워
가슴에 허무 한 뭉치
마음에 외로움 한바다 안고 사는데

사람은 사람 없이 살 수가 없어
그 마음 저버릴 수 없어

나는 시를 쓰고 그대는 노래를 부르네

세상도 그걸 아는지
그 쓸쓸함 가려주기 위해
날마다 밤을 내려놓곤 하네

사람의 문제

아름다운 사람은 마음이 따뜻한 사람이라고 누가 말했다
그러나 그건 아닌 것 같다 사람의 마음은 때론 따뜻하고 때
론 차갑고 때론 쓸쓸하고 때론 아프고 때론 미지근할 때가
있으므로

좋은 사람이 따로 있다고 누가 말했다 그러나 그렇지만은
않은 것 같다 내가 좋은 사람으로 있을 때 그도 좋은 사람으
로 오는 것 같다

어느 날 누가 또 그런 말을 했다 남의 슬픔을 아는 사람은
그가 슬픔이 많은 사람이라고 그러나 그렇지만은 않은 것
같다 그는 많은 걸 알고 있어서 슬픈 것 같다 꽃 피는 것들
의 뿌리가 얼마나 아픈지 알기 때문인 것 같다

사람의 불씨는 타오르지 못하면 습이 되어 병이 들고 활
활 타오르면 살이 데어 상처가 되는 걸 그리하여 슬픔으로
일고 슬픔으로 지는 걸 아는 것 같다

평생을 찾아 헤매던 것, 목메어 울부짖던 것 가슴 치며 그

리워하던 것 그 모든 것들은 가없이 안에서 싹이 나고 안에서 출렁이다 마침내 안에서 고개를 떨구고 마는 나의 고해인 걸 모른 채 어디 멀리서 꽃이 피는 줄 알았다 어디 멀리서 봄이 오는 줄 알았다

나로 인해 그 무엇이 되었거나 나로 인해 아무것도 되지 못한 그 무엇들 어느 겨울 깊은 잠 속에 두고 온 꿈처럼 아련하지만 어느 한 순간도 나의 선택이 아닌 적은 없었고 그 무엇도 그 결과가 아닌 적은 없었다 그래도 한때는 좋은 사람으로 살고자 했다

행운에 대한 추론

오기는 왔는데 보지는 못했는지도 몰라
올 때는 못 보다가 떠날 때야 가슴 쳤는지도 몰라
사실은 오는지 가는지도 모르고 살았는지도 몰라

어쩌면 미리 비켜서 있었던 건 아닌지 몰라
애당초 바라지도 않았던 건 아닌지 몰라
아니 아니 생각해보면 늘 함께 있었는지도 몰라

친구들 몰래 먹었던 김밥 꽁다리나
술 취한 사람에게 이유 없이 멱살을 잡힌 일은
알알이 별이 되어 박힌 그것인지도 몰라

어느 봄날 그 따사로운 햇발이 그것인지도 몰라
어쩌면 소슬거리는 저 바람이 그것인지도 몰라
그걸 보는 내 눈의 망막이 그것인지도 몰라

어쩌면 이럴까 저럴까 하는 마음이 그것인지도 몰라
행여나 여기 이 자리가 그것인지도 몰라
그래그래 지금 이 순간이 정녕 그것인지도 몰라

아버지의 달

능출아 아버지 따라 해봐라 달님한테 기도하는 기다 아버지 기도는 우째 하는데예 잘 모르겠어예 자 봐레이 두 손 이래 모다가 마음속으로 비는 기다 뭐를 빌어야 되는데예 그냥 니가 빌고 시픈 거 빌마 된다 아버지는 뭐를 비는데예 아버지야 너거들 다 잘되라고 비는기지

어머니 여든에 든 생신날 오라버니에게 들었다 어머니가 우리를 위해 기도하듯 아버지도 기도했다는 걸 오라버니 생일을 쫓아 둥둥, 떠오르는 달 결계의 신비를 간직한 채 비밀처럼 떴다, 지는 달 저 달이 그 달일까 아버지 생전에 마음 바친 그 달, 저 달이 그 달일까 아버지 두 손 모아 우리를 맡긴 그 달

몸의 구도

얼굴에서 입이 눈 아래 있는 것은
먼저 보고 나중에 말하라는 거지

입은 하나인데 귀가 둘인 것은
두 번은 듣고 나서 말하라는 거지

그 아래로 손과 발이 있는 것은
먼저 보고 들은 후 나중에 움직이라는 거지

몸이 흐르는 길이 아래로 나 있는 것은
본 것도 들은 것도 다 아래로 흘려보내라는 거지

몸의 구도가 물의 구도를 닮아 흐르고
물의 구도가 몸의 구도를 닮아 흐르는 걸 보면

세상에 뭐 그리 거창한 가르침이 있겠어
우리 몸이 다 가르쳐주고 있는 거지

제3부

그림자 속으로

마음을 먼저 버리고 몸마저 버리고 있는 걸까

그 남자 술에 취해 인도에 누워 있다

세상 설움 뭉쳐놓은 보따리처럼

벌레가 파먹다가 버린 이파리처럼

저를 길바닥에 내던진 그 남자

어쩌면 바깥은 안에 있는 것들을 내다 버리기 좋아서

쓰레기를 버리듯 비밀을 몰래 내다 버리는 중일까

저도 모르게 무얼 버려야만 살아지는 걸까

아직은 남아 있는 저가 붉은지도 모를 그 남자처럼

가끔은 나도 나를 내다 버리느라

단추를 잘못 채우고 나가거나

안고 나간 가슴에 구멍이 뚫려 돌아오기도 한다

어처구니없게도 1

엄마, 하고 대문을 밀고 들어가는데

깜짝 놀란 어머니가 황소 눈으로

니, 와 왔노? 퍼뜩 집에 가라, 하고 나를 내쳤다

옆집에선 대문을 걸어 잠근 지 여러 달이 지났다

서로 못 보고 사는지가 한참이다

그러니 엄마가 더 보고 싶어 밀고 들어간 대문 안에서

어처구니없게도 코로나 때문에 쫓겨나다니

너무 서러웠다

연필 하나면 온 세상을 손안에서 휘두르는 시인이

눈에 보이지도 않는 그 작은 바이러스 때문에

생전 처음 어머니한테 쫓겨나다니

어처구니없게도 그날부터 시인의 감성은

마스크 속에서 빌빌거리며 죽어가고 있다

어머니는 절대 나약한 분이 아니다

오랜 세월 홀어미로 살며 우리를 건사했는데

코로나가 얼마나 무서우면 이 어린것을 쫓아버렸겠는가

어처구니없게도 2

언니 식당에는 공무원이 던져주고 간 스티커
······먹고, 마실 땐 말없이!
······대화는 마스크 쓰GO!
가, 벽에 나붙고 손님은 오지 않는다

추석인데도 집에 오지 못하는 오라버니가 그리워
늙은 어머니는 얼굴이 퍼렇게 얼고
어처구니없게도 내겐 감성이 사라져버렸다

종의 변이는 백신도 소용없을 거라는 뉴스를 보며
나 같은 사람은 짐작도 못 할 위험 속에서
코로나와 싸우고 있는 일선의 촛불 사랑을 생각한다
그 쓸쓸한 희망의 시간을 생각한다

이제 어디를 가든 무엇을 하든
코로나에게 먼저 물어봐야만 되는데
기차역에서는 열차 할인권이 만료가 다 되어간다며
빨리 타러 오라고 자꾸 문자가 온다

버스 안에서

뒤에 앉은 남자가 전화를 받는다

예예…… 거의 다 왔습니다
한 십 분? 하하, 네네, 그럼요, 택시 탔으니까 금방 가요
네? 뭐라고요? 아, 예…… 차가 많이 밀리네
걱정하지 마세요 네네……

버스에 앉아 택시를 타고 가는 저 남자는
새 구두를 사려고 차비를 아끼는 중일까

쪼잔한 이야기 같지만
반찬을 잘 먹으려면 용돈을 줄여야 하고
용돈을 더 쓰려면 다른 무엇을 줄여야 한다
탕, 하고 단칼에 날려버리는 생선 대가리처럼
욕망의 토막을 베어내며
택시 대신에 버스를 타야 한다
실크 스카프 대신에 면 스카프를,
휘날려야 한다

주머니 안에서는 택시비에서 버스비를 빼고 남은 돈이
저 혼자 좋다고 낄낄거리며 웃는데

습성, 그거 버릴 수 없어
버스는 덜컹거리며 범어네거리를 끼익, 끽 지나가고 있다

드라마 〈낭만닥터 김사부 2〉를 보고

저, 기적
드라마 속에서 훅, 하고 세상을 잡아당기는
저, 진정
어쩌면 저를 팔아 지키는
붉고 붉은 결계의 심장은 아닐까

김사부는
환자의 가슴을 가르고 그 안으로 손을 밀어 넣고는
멈춰버린 심장을 어루만진다

의사가 사람을 살리는 일 말고 뭐가 있느냐면서

그 말
드라마 속에서 세상으로 건너오는 순간
발가락 끝에 숨어 있던 말초신경의 욕망을
후욱, 휘감아 당기며
쏴아아, 맥박 속으로 휘몰아친다

제 안에 없는 것들은 마구 끌린다더니

보려고 하는 사람만 볼 수 있고
하려고 하는 사람만 할 수 있는
저가 저를 믿어내는 믿음
그래, 그것 말고 뭐가 있는가

긍정적인 비밀

당돌하게도
신라 왕의 무덤 위로 자동차를 몰고 올라간 남자는
그게 그냥 언덕인 줄 알았다는데
치정 같은 노을빛 속을 둥둥 떠다녔을 낭만의 순간은
얼마나 좋았을까
그러니까 그걸 순수 혹은 철부지 혹은 경거망동이라고
치자, 그렇다고 치자

그러면 뭐 어떤데

우리가 모르는 것 중에 정말 모르고 있는 건
무얼 잘 모르는 동안의 기적이다

그 기적 속에는
꽝, 하고 발등을 찍는 내일의 로또가 오늘은 꿈으로 살고
어떤 조작도 음모도 무능도 새끼 치지 않는
순두부 한 숟가락 같은 순백이
아직 저 너머에 남아 있는 길이 되어 살고 있는 것

그러니까 무얼 모른다는 건 언덕의 낭만을 싣고
지금 이 순간을 살아가는 힘이다

만약 오늘이 내일을 다 알고 있다면
뻔한 하루를 열심히 살아갈 수 있을까

세상 모든 슬픔을 다 알게 된다면
우리가 웃을 수 있을까

절대 셈법

부모는 뭘까
철렁 떨어지는 그 심장일까
울컥 치밀어 오르는 그 눈물일까

새끼들에게 제 살을 뜯어 먹이며 죽어가는 연어나
죽은 새끼를 등에 업고 살아가는 돌고래에게
자식은 뭘까

목숨보다 더 절실한 사랑일까
목숨이 아니면 안 되는 그리움일까

지금도 세상 어디에선가
먹이를 구하러 목숨 걸고 먼바다로 나가는 펭귄이 있고
새끼를 부화시키려고 알을 품고서 폭설과 굶주림을 견디
는 독수리도 있다

어떤 파도도 어떤 겨울도 두렵지 않은
그런,

부모들만의 셈법 하나

살아가는 법을 가르치려 새끼를 절벽 아래로 내던진 후
울며, 울며 기다리는 바다오리 같은
애간장 끓는 셈법 하나

오늘도
자식이라는 가시가 박힌 목구멍에서 산다

절대 시간

남자 둘이 공원 벤치에 죽치고 앉아 주고받는
말이,

해도 해도 안 되는 일이 있는데
그런데 그 일도 정말이지 까무러칠 때까지 하다 보면
무슨 수가 난다나 어쩐다나

그 말…… 참 멀리 있는 말이다

괜히 단풍나무는 부르르, 잎을 떨고
빈 의자는 자꾸 내려앉는다
지들이 뭘 안다고

그러나 참으로 멀리 있는 그 말이
사실은 붙잡고 살아가는 동아줄이라는 거
혼자 아들 둘을 키우며 사는 내 친구가 믿는다
공시에서 네 번 떨어진 내 친구 아들도 믿는다

그래 이 세상도 원래는 없었지

없다가 너도 생기고 나도 생기고 내일도 생겼지

죽도록이라는 말을 물고 한길을 걷는 시간은
어쩌면 그리움이 발원인 목소리 같은 것
부르고 또 부르면 마침내 돌아오는 대답 같은 것

진주가 어디 원래부터 진주였던가
원래는 아득한 눈물 한 방울이었다

지혜로운 갱년기 생활

후욱 ─, 하고 치밀어 오를 땐 고구마를 먹으라고 했지?
(틀림없어, 올라가는 혈압을 고구마가 딱, 잡아준다잖아)
얼굴에 열이 올랐다가 내렸다가 할 때는
그래 심호흡을 하라고 했어
아침에 일어나면 생수 한 컵을 쭉 들이켜고 나서
과일과 야채를 꽉, 짜서 즙을 내서 마셔야 된다는 거지
(그러려면 비싼 휴롬을 24개월 할부로 사는 것도 괜찮아)
중요한 것 중에 하나는 근육이 다 빠져나가지 않게
단백질을 섭취해야 한다는 거야
(그러니까 은행에서 대출을 좀 받아서라도 (쉿!)⋯⋯
흑염소 한 마리를 통째로 고아 먹는 게 좋다는 거야)
아, 또 뭐가 있더라
에스트로겐은 석류라고 했나 어쨌나

시시때때로,
몸이 뜨겁다가 식었다가 한다
화가 오르다가 가라앉다가 한다
터져버린 수맥처럼 치밀어 오르는 분노가

브레이크가 없는 엔진처럼 마구 달리며

독이나 울화나 슬픔 같은 게 장전된 총처럼

빵, 하고 상대를 가리지 않고 발사된다

참, 낯설고 낯선 지금 이것은 꼭, 수컷 같은 짐승 한 마리

내 안에서 컹, 짖으며 사는 듯

그러니까 규칙적인 온몸운동은 필수란다

외계인처럼

대야에 빗물을 받는다, 화초가 빗물을 좋아하니까

참 이상하지
천연적이라는 거 꼭 동화 속 예쁜 벌레 같아
자꾸 그쪽으로 기울어지는 거

아침에 더 푸릇한 석류나무 이파리며
젖은 빨래가 햇발처럼 말라가는 순간이며
옥상에서 내려다보는 옆집 옥상의 장독대며
비가 그친 뒤 새것처럼 환해지는 비산 설비 간판이며
꼭 살아 있는 것처럼 빨랫줄에 방울방울 매달리는 빗방울
같은 거
그런 걸 끌고 기울어지잖아

남을 갈취하지 않는 것들은 얼마나 동화 같은지
잠옷을 입고 커피를 마시는 헐렁한 순간처럼 얼마나 행복
스러운지

꼭 세상을 동시처럼 읽어줄 것만 같아

대야에 빗물이 고이고 있다
빗속에서는 이상하게 도깨비나라나 달나라가 문을 열어
놓은 거 같아
내가 꼭 거기 있는 기분이 들어

지구를 처음 걷는 새 구두처럼 마음은 빗속을 걸어 다닌
다

옥상이 없는 집에 사는 여자들에게

니들은 옥상에서 빨래 널어봤니 탁, 탁, 물기 털어서는
척, 척 빨랫줄에 걸쳐봤니

빨래집게로 빨래를 집을 때마다 햇발이 반짝거리며 저가
먼저 집히는 거, 봤니

바깥에 나갔던 옷들이 물에서 씻겨 나오면 동치미 맛 냄
새가 나는 거

얼룩이 묻었던 자리가 가슴을 쑥, 내밀며 저도 깨끗해졌
다고 자랑하는 거

그런 빨래를 널고 나면 빨랫줄이 자작나무 숲처럼 환하게
우거지는 거

바짝 말라있던 옥상 바닥이 찌르륵거리며 빨래가 흘리는
물기 받아먹으면

마른 이파리에 스며드는 빗물처럼 옥상 바닥이 빨래 속에 쏙, 들어가는 거

그 순간 빨래를 너는 사람도 꼭, 자작나무 숲처럼 은빛 물이 드는 거, 그런 거 봤니

스타킹 다리 두 개가 또 어디를 가고 싶어서 펄렁펄렁거리며 허공을 걸어 다닌다

바람이 난봉꾼처럼 날아다니는 옥상에서 허공이 알몸처럼 벌거벗은 옥상에서

브래지어를 널 때 그 쑥스러운 마음 물기가 배어 있는 팬티를 널 때 그 부끄러운 마음 그 야한 설렘을 아니

거울

저 너머, 오래된 그 집이 수리 중이다

문드러진 속을 게워내느라 쏟아내는 오물의 저 먼지바람
한평생 몸속에 잠겨 있던 울음인 것
묵은 병이 뿌리내린 몸 파안, 파안 끌며
아무도 안아준 적 없었을 설움 비로소 흘리는 것
섞은 것들이 새것처럼 숨어 속살을 파먹던 검은 입을
이제야 까발리는 것

삼층에 앉아 그곳을 본다, 속이 속을 본다

세상을 만나 묻은 때와 얼룩진 슬픔이
세탁기 속에서 마지막 탈수를 하며
무너진지 이미 오래된 것들과 이미 꽃을 떨군 것들을
탈탈, 털어내는데

속이 있는 것들은 본래 닮은 걸까

내 속이 자꾸 그 집에 비친다

먼 그리움이 오는 이유

엉덩이가 꽉 끼는 바지를 입고 다니는 사람
사람을 웃기는 게 좋아 개그맨이 된 사람
돈이 최고라며 돈 자랑만 하는 사람
권력에 붙어 뺀질거리며 다니는 사람
남자가 남자를 여자가 여자를 좋아한다는 사람
하루에 삶은 계란만 서른 개를 먹는다는 사람
종교에 매료되어 종교에 매달려 사는 사람
부모에게 진심으로 효도하는 사람
머리카락을 자르지 않아 어깨에 메고 다니는 사람
그렇게………
사람은 누구나 저를 품고 있었다
서로 다른 가슴 서로 다른 울음을 물고서
나 여기 있다고, 있다고
다른 목소리 다른 눈빛으로 부르는
설운 그리움이 있었다
17분 4초도 넘게 숨을 참는다는 사람은
너무 외로워 그 순간을 멈추는 중인지도 모른다

내가 뭘 어쨌는데

아직은 내가 연분홍 빛깔 새색시일 때
아버님 진짓상을 차려 눈썹 위로 받쳐 들고
살금살금 뒤채로 가서 밥상을 내려놓고 일어서는데
그때, 포옹ㅡ, 하고 그게 나와버린 거야
세상에나……
그 순간 눈앞이 하얘져버렸어
어험, 어험, 깜짝 놀란 아버님은 헛기침 속에 숨고
너무 놀란 나는 뒷걸음질쳤지
그래 해도 해도 내가 너무했지
당해도 당해도 아버님은 너무 당했지
그러나 뭐 어쩌겠어
내일부터 기온이 영하로 내려간다기에
유리창에 방한용 뽁뽁이 비닐을 붙인다
손이 헛짚을 때마다 뽁뽁이는 포옹~ 뽕, 방귀를 뀌고
유리창은 어험, 어험 창살 속에 숨는다
아버님이 이사 간 하늘나라에도 철없는 며느리가 살까

제4부

인생

밤새 눈 내린 아침 마당에
길고양이 한 마리 걸어가는데

킁킁거리며 먹이를 찾느라 비틀거리는 발자국이
또박또박 길이 되어 남는데

사람의 길도 저렇게 뒤로 남는 것인가
허기도 비틀거림도 그 흔적 그대로 남는 것인가

허공을 걷듯 둥둥, 섬으로 띄운 순간들
징검다리처럼 꾹꾹 저를 찍으며

어느 날의 사랑과 어느 날의 그리움이 그 길을 잇고
걸어온 길과 남아 있는 길 위에 생을 이으며

지금 저 길고양이 한 마리 스친 발자국
나의 이름이 되어 남는가

배추밭의 일

배추 잎에 똥을 싸며 배추 잎을 먹는 배추벌레를 보았다

똥밭에서 뒹굴며 똥밭에서 먹고 사는 배추벌레를

그리고 또 보았다 배추벌레를 잡아내고 똥을 퍼내는 사람
벌레를

배추밭에서는 저나 나나, 나나 저나

배추나 갈취해 먹고사는 양아치였던걸, 양아치였던걸

능구렁이 같은 고추잠자리 한 마리 낄낄, 거리며 날아간
다, 낄낄 낄낄

나무의 마을

전나무와 꿀밤나무와 물푸레나무가 모여 사는 숲에서
나무는 그냥 다 나무다
키가 크거나 작거나 잎이 둥글거나 뾰족하거나
꿀밤이 달리거나 호두가 달리거나 솔방울이 달리거나
가지가 휘어지거나 허리가 굽어도
서로 다 같은 나무로 산다
참나무는 참나무로 생기고 소나무는 소나무로 생긴 채
서로 다른 꽃이 피어도 서로 다른 향기를 품어도
서로를 나무라지 않는다
어린 물푸레나무가 아버지 같은 소나무에 기대어 살듯
그저 생긴 대로 어울리며 산다
시린 바람이 응달을 끌고 다니다 그 몸에 이끼로 돋아도
어떤 짐승이 쇠붙이를 꽂거나 불을 내어 흉터를 입어도
그 자리에 뿌리를 내리고 산다
산이 우는 밤 몹쓸 꿈도 서로의 이파리로 덮어주며
나무는 같은 하루를 산다

환승

버스를 갈아타는데
환승이라며 버스비를 받지 않는다

그러나 갈아타고 싶은 건
저 머언 어느 나라
누가 사는지 어디 있는지도 알지 못하는 나라

언제나 갈아타고 싶은 건
가본 적 없어도 거기 있을 것 같은 나라
꼭 내가 아는 것만 같은 나라
알아서 그 그리움 심장이 아프고 눈물이 나는 나라

무엇이든 다시 그리고 싶은 사람들이 물감처럼 섞이며
버스를 타고 버스는 다시 환승을 외친다
지친 저 눈꺼풀들 어디로 가고 싶을까
버스는 그곳으로 데려다줄까

그러나 가지 못해라 그 나라

평생을 걸어 아직 여기까지뿐인걸

어쩌면

버스는 그걸 약점으로 쥐고

지금 이 순간 환승을 외치는지도 모른다

생물학 개론

우리 몸 안에는

좋은 균과 나쁜 균과 중간 균이 살고 있는데

이 중에 중간 균은 힘이 센 균 쪽으로 붙는다는 거야

좋은 균이 힘이 강하면 좋은 균에 붙고

나쁜 균이 힘이 강하면 나쁜 균에 붙는데

그 수가 무려 80%라는 거지

좋은 균이 면역력이 약해진 틈을 타고

나쁜 균이 진화가 되어 돌연변이가 되고 이 돌연변이는

더 못된 기형으로 변이가 되어 암이 되는데, 이때

중간 균이 합세한 돌연변이 암은 절대 악이 된다는 거지

게다가 이 돌연변이는 술수가 뛰어나고 위장을 잘해서

좋은 균인 척하고 딱 숨어 있다는 거야

구부러진 나뭇가지나 벌레 먹은 나뭇잎을 흉내 내며

사냥을 한다는 위장술의 대가 대벌레나

몸의 색깔을 바꿔가며 먹잇감에게 최면을 걸어

사냥을 한다는 오징어의 이야기는 놀라웠는데

정말이지 무엇보다 더 섬찟한 일은

좋은 균은 수명이 짧아 얼마만큼 살면 죽는다는데

나쁜 균은 수명이 없어 절대 죽지를 않는다는군
더구나 나쁜 균은 면역력이 좋아
수술로 도려내고 약물을 주입해도 사라지지를 않고
약물에 내성을 가져 더 독한 놈으로 진화한다는 거야
참 기가 막히지……
이것이 어디 몸 안의 일이기만 한가

지우면 안 되는 말

괜스레 저녁 거리를 걷는데
앞에서 취한 듯한 남자가 휘청거리며
구시렁, 구시렁 온다
세상을 밀었다가 당겼다가
구시렁, 구시렁

옆을 지나며 슬쩍 그의 입술에 귀를 댔다
'집에 가야지, 집에 가야지'

아…… 울컥, 가슴 쏟아지는 말, 괜히 찡한 말, 설핏 눈물
나는 말, 저를 끌고 가는 말

그는 어디서부터 저토록 흔들리며 집을 찾아가는 걸까
좌절에서부터일까 절망에서부터일까
깎여버린 월급봉투에서부터일까
아니면 저 길 건너 막창골목에서부터일까

그래, 집에 가야지

아침에 집을 나와서는 수많은 저녁이 지났는데도
아직 집으로 돌아가지 못한 사람들이 얼마나 많은데
정말이지 얼마나 많은데

예전에 내가 아는 사람도 대구 상인동 지하철역 사고로
영영 집으로 가지 못했다

집은 그런 사람들을 기다리며 지금도 그 자리에 있다

지우면 안 되는 일들

그때는 몰랐다
용산 상가 철거민들이 망루에 올라
다시는 내려오지 못했던 그날

당신은 그들을 이해한다고 했고
나는 이해하지 못한다고 했다
당신은 그럴 수밖에 없었을 거라고 했고
나는 절대 망루에 올라가지 말았어야 한다고 했다
당신은 그런 순간이 오면 같은 선택을 할 거라고 했고
나는 삶의 책임은 그런 게 아니라고 했다

나는 그렇게 위험한 선택은 하는 게 아니라고
당신은 죽음으로라도 지켜야 하는 게 있다고
했다

무심한 세월은 오래 흐르고
오늘은 용산 참사 10주기

그랬다

무얼 지켜야 한다는 건
망루에서 타워크레인에서 고공에서 화염 속에서
당신과 내가 불러야 하는 사랑 노래 같은 것
죽어서도 죽지 않고 영원히 흐르는 노래 같은 것
그때는 몰랐다

이 순간은 살아 있는 것들의 순간이다

어둑한 하늘을 내려놓고 태풍이 지나간 후

신천 동로,
태풍이 물 밖으로 내동댕이친 물고기들이
아직 남아 있는 숨을 물고 길바닥에서 나뒹구는데
그 가련한 것들을 누군가 물속으로 넣어주었다

그래 살아야지
다시 한번 살아봐야지
이 세상은 살아 있는 것들의 세상이니까

아니오, 대신에 예를…… 예, 대신에 아니오를 대답했던
그 순간은 그만 잊어도 돼
바닥에 떨어졌을 때 다시 붙잡아낸 목숨 줄이 있다면
이제 나이 같은 건 세지 않아도 돼
박동을 잃어버린 주파수가 다시 파동을 그린 순간부터
이 세상에 너는 딱 하나뿐이니까

그건 누구는 알고 누구는 아직 모를

길바닥을 입에 문 시간의 비밀이지만
얼마나 다행인가
태풍은 또 찾아올 테니까

다시 하늘이 걷히고 있다
먹구름 속에서도 해는 그 자리에 떠 있었다

바람과 함께 사라지다

가봐야 어디를 간다고
그토록 아끼던 머리핀이나
쌍가락지 중에 하나가 어디로 가고 없다

지난번 꿈속에서 잃어버린 지갑이나
빨래를 할 때마다 없어지는 양말 한 짝은
바람을 따라갔다고 생각하지만

그 가을 책갈피에 꽂아둔 단풍잎은
그 겨울 눈 위에 찍은 발자국을 따라 어디로 갔을까
가봐야 어디를 간다고

아주 멀리 떠났다 생각했던 순간도
사실은 늘 그 자리였는데
언제나 늘 그 자리였는데

때묻은 신발만 벗어놓고
내가 울 때 함께 울었던 시간들은

도대체 어디로 사라져버린 걸까

가봐야 어느 나무 밑동 같은 기억 속에 갇혀 있거나
구멍 난 가슴속에 매달려 있을 텐데
도대체 가봐야 어디를 간다고

순천 박가네 소인배

아직은 이른 저녁
언니의 식당으로 노숙자가 밥을 얻으러 왔다
나무 등껍질처럼 깡, 말라붙어 찌그러진 밥통 속으로
언니는 하얀 쌀밥 덩이를 밀어 넣었다

그는 누구였을까 어쩌다 여기까지 왔을까
내 나이 아홉 살, 어린 그 아이처럼
우물에 빠졌던 순간의 두려움이 지워지지 않아
우물 속을 가없이 떠도는 걸까

내 나이 열아홉 살, 가여운 그 소녀처럼
끔찍했던 순간의 종말을 뒤집어쓰고
어디선가 혼자 살아남은 사람일까

체증이 있는 자리가 자라지 못해
그 순간에 맥이 잡혀, 그 순간에 심이 박혀
그 자리에서 떨고 있는 걸까

넘어질 때마다 피멍으로 맺혀

어떤 마디는 벙어리가, 어떤 마디는 귀머거리가 되어
어디로도 가지 못하는 걸까

맥문동 꽃이 지고 있다
목덜미로 흐르던 물줄기 씨앗에 담으며 그 꽃 지고 있다
지는 꽃 받으며 노숙자는 다시 밥을 얻으러 왔다
그는 무엇에 놀라 그 자리에서 멈춰버린 걸까

가문의 내력

아버지는 대단한 술꾼이었다네
동네 사람들은 술 중대장이라 불렀다는군

그러던 어느 날 아버지는 민간인 대대 하나를 만들었지
동생은 소대장 나는 대대장 오빠는 보초병 언니는 취사병

그때부터 나는 쭉 대대장으로 산다네
식구들은 뭐든 다 내게 결재를 받는다네

아버지는 대단한 재주꾼이었다네
못하는 게 없었고 안 했던 것도 없었다는군

엄마는 하도 기가 막혀
애들 아버지요 애들 아버지요만 외쳤다는데

그러던 어느 날 호기심을 참지 못한 아버지
이 세상 술을 다 마셔버리고는 저승 구경을 떠났다네

늦여름 장맛비가 억수같이 쏟아질 때

아버지는 그 비를 맞으며 갔다네

사실은 아버지도 몰랐을 테지
한번 가면 다시는 돌아올 수 없는 길이 있다는 걸

간소화 전략

나는 사람도 그냥 하나의 생물이라고 생각해

벌이나 강아지나 물고기처럼 말이야

태어나서 살다가 수명이 다하면 죽는

그냥 자연에 속해진 하나라는 거지

그러니까 얼마나 싱그럽니

사과는 사과벌레랑 같이 먹고

배추는 배추벌레랑 같이 먹으면서 살다가

그것도 거추장스럽다 싶으면 느티나무처럼 살아도 되지

이건 화장실을 사용할 때마다 드는 생각인데

사람은 참 깨끗하지 않구나 싶은 거야

정말이지 나무는 화장실 같은 데는 안 가잖아

그냥 태어나서 살다가 죽는 거라고 생각하니까

마음이 얼마나 편한지 세상 슬픔이 다 사라지는 거 같아

노래는 풀벌레랑 같이 부르고

여행은 바람이나 구름이랑 같이 다니며

그냥 그렇게 살아가는 거야

쌀은 쌀벌레랑 같이 먹으면서 말이야

그림 그리기

흰색이 사는 마당에
검은색이 찾아와 자꾸 문을 두드리길래 문을 열어줬더니
흰 마당에 어룽어룽 검은색이 물들어 회색으로 어룽졌다

언니의 말이 맞았다, 아무에게나 문을 열어주면 안 돼
색에 색이 섞인다 흰색에 검은 물이 든다

색의 경계가 무너진다는 건
벽 속으로 스며드는 누수 같은 거였다

검은색이 혼자 사는 마당은 너무 깜깜할까 봐
흰색은 검은색이 사는 마당을 찾아갔는데
금방 검은 물이 들어 어룽어룽 회색으로 어룽지고 말았다

언니의 말이 맞았다, 아무 문이나 열고 들어가면 안 돼
흰색은 몸에 묻은 검정을 털며 울었다

사람을 찾습니다

동네 어귀 우물 안에 개구리 말고
동구 밖에 불이 나간 가로등 말고

길바닥에 떨거지 된 담배꽁초 말고
제멋대로 휘갈겨진 낙서 말고

남의 옷에 달라붙은 껌딱지 말고
속을 털려버린 빈 깡통 말고

보고도 보지 못하는 맹꽁이 말고
듣고도 듣지 못하는 사오정 말고

지폐를 세고 있는 침 바른 손가락 말고
화장의 두께로 덮어놓은 마네킹의 얼굴 말고

텅 빈 곳과 낮은 곳으로

문종필

성찰(省察)

시선이 참 따뜻한 시집이다. 멋 부리지 않은 정직한 언어다. 자신이 할 수 있는 것으로 시를 지었다. 당대의 유행을 쫓아가지 않았고 자신이 잘할 수 있는 것을 열심히 갈고닦았다. 그래서 박은주 시인의 시집은 오래도록 기억에 남을 것 같다. 이런 언어를 만나면 괜스레 힘이 난다. 화려하진 않지만 수줍은 고백이랄까. 때론 화려한 것이 부담될 때가 있는데, 박은주 시인의 언어는 수줍은 목소리로 진솔하게 세상과 만나고 있었다. 투명하고 또 투명하다. 이런 차분함 때문인지 모르겠지만, 이 시집에 수록된 시들이 마음에 들었고 내가 가르치는 학생들과 함께 읽기로 마음먹었다. 그렇다면 이런 용감한 말을 쓰는 이유는 무엇일까. 답은 자명하다. 상징 언어 체계 속에 삶을 온전히 올려놓았기 때문이다. 투명한 것은 투명한 대로 매력이 있는데 그의 정직한 삶과 투명한 언어가 맞물린 것 같다. 나는 이러한 성질이 현대성의 중요한 성질이라고 생각한다.

물론, 이러한 투명함에 반기를 들 수 있다. 누군가는 특정한 세계관을 끌어와 실험하는 것이 좋은 시라고 판단할 수 있고, 말할 수 없는 것에 대해 용감하게 도전하는 방법이 의미 있는 시라고 주장할 수 있다. 누군가는 이미지를 이용해 고흐의 그림처럼 알록달록한 살갗을 피부에 새겨주어야 한다고 힘주어 말하기도 한다. 혹자는 실존을 확대해 동성애 리플리컨트 동물 등으로 연결되는 소수자 화자를 창조하는 것이 의미 있다고 주장한다. 다른 이는 환상 속 화자를 만들어 윤리보다 더 윤리적인 존재를 재현하는 것이 의미 있다고 말한다. 틀린 말이 아니다. 그러나 이러한 방법은 이 시인의 스타일이 아니다. 그녀는 거울처럼 투명하게 그린다. 그것이 그녀의 창법이며 목소리이다. 시인은 이 방법을 잘 구사할 줄 안다. 무엇보다도 눈치 보지 않고, 이 방식으로 노력했다는 데 의미가 있다. 자신의 창법이 아닌 것을 억지로 끌고 와 흉내를 내는 것보다 정직한 것이 오히려 몇백 배 낫다.

물론, 습관의 영역으로 확장해 불가능한 것을 내 것으로 변형하는 방법도 있다. 이 방법은 지독한 훈련을 담보로 한다. 그러나 그것은 소수의 몇몇만이 이뤄낼 수 있는 사건이다. 박은주 시인은 그곳까지 자신의 몸을 실험하지 못했다. 하지만 자신이 가장 잘할 수 있는 것을 닦고 쓸고 매만졌다. 그녀는 거짓 없는 언어가 좋은 언어라고 생각했고, 삶 역시 동일하다고 믿었다. 반향이라는 측면에서 미학적인 잣대를 들이댈 수도 있지만 잣대를 운운하기에는 박은주 시인의 언어는 참, 참, 참, 솔직하다. 그래서 역설적으로 마음에 든다. 내가 쓴 '역설'이라는 단어가 위험하다. 시가 투명한 것이 무엇이 문제인가. 나는 무슨 이유로 투명한 언어를 옹호하는 데 힘들어하는가. '좋다'는 의미를 다양하게 생각할 수 있겠지만 사람이 좋으면 시도 좋다. 삶이 곧으면 시도 곧다. 이 시집은 삶(生)을 품고 간다.

성찰(省察)이라는 단어가 있다. 자신의 마음을 반성하고 다시 살피게 해 준다는 뜻이다. 이 시집에서 나는 이 단어가 가장 먼저 떠올랐다. 시인은 자신의 삶 속에서 깨달은 것을 독자들과 함께 나눈다. 나누더라도 그것이 설득력이 없다면 흥미를 잃기 십상인데, 박은주 시인이 쓴 성찰 관련 작품은 투박하지만 꽤 타당성이 있다. 그뿐만 아니라 어렵지 않게 독자들과 소통할 수 있는 장점을 가지고 있다. 그리고 이 타당성은 특이한 특징을 품고 있다. 행 끝에서 동일한 단어를 걸어 유사한 리듬과 의미를 만들어 내는 방법이 그것이다. 예를 들어 앞말의 대상을 부정하는 조사 '—말고'[1]를 통해, 동사 '—말걸 그랬다'와 '—있고/알았더라면'[2]를 활용해, '사람'[3]이라는 명사를 끝에 놓는 방식으로, '—거지'[4]를 '—몰라'[5]를 '—

---

1 「사람을 찾습니다」가 이에 해당된다.
2 「사유의 편력」이 이에 해당된다.
3 「먼 그리움이 오는 이유」가 이에 해당된다.
4 「몸의 구도」가 이에 해당된다.
5 「행운에 대한 추론」이 이에 해당된다.

것 같지만/─것이네'[6]를 통해, 동사 '─고프다'를 행 끝에 걸어 놓는 방식을 통해 시를 만드는 것이 이에 해당된다. 물론 누군가는 이 방식을 밋밋한 시적 장치로 간주할 수 있다. 그러나 조용히 더듬다 보면 나도 모르게 수긍하게 되고 시인이 고민하고 사유했던 방식과 동일하게 생을 쫓게 된다. 앞에서 거론된 작품 중, '먹는다'는 것에 대해 다룬 시를 읽어보도록 하자. 시인의 얼굴이 이 작품을 통해 고스란히 드러날 것이다.

> 아무리 좋은 곳에 있어도 배는 고프다
> 아무리 좋은 사람과 있어도 배는 고프다
> 사치스러운 것들에 마음을 팔고
> 게으른 몸에 시간을 팔아도 배는 고프다
> 슬픈 영화를 보고 난 후에도 배는 고프고
> 친구가 죽은 날도 배가 고팠다……
> 털썩, 주저앉은 밥상머리에서
> 자존의 슬픈 구애가 저를 허물며 숟가락질을 했다
> 아니라고, 아니라고 아무리 우겨봐도
> 한 마리 짐승처럼
> 한 마리 벌레처럼
> 결국에 돌아오는 자리는 밥상머리였다
> 더 이상 갈 데가 없었다
>
> ─「빙점 1」 전문

─────────

6 「사람 그 쓸쓸한 이름」이 이에 해당된다.

품위를 지켜 가치와 존엄을 지키는 것이 자존(自尊)이다. 시인은 이 감정을 배가 고픈 행위와 함께 생각한다. 좋은 사람과 있을 때도 좋은 곳에 있을 때도 사치스러운 것에 마음을 옮겨 놓을 때도 게으른 날을 보낼 때도 슬픈 영화를 보는 날에도 시인은 항상 굶주린 배를 채우기 위해 밥상머리로 몸을 옮겨 놓았다. 사랑하는 친구와 이별하는 날은 곡진했었기에 밥 먹는 행위를 밀어내야 했지만 그렇게 하지 못했다. 시인은 짐승처럼 주저앉아 허겁지겁 굶주린 배를 채웠다.

시인은 하늘에 높이 던진 부메랑처럼 먼 길을 돌아 '밥상머리'로 돌아온다. 이것이 시인의 운명이며 우리들의 운명이다. 시인의 말처럼 우리들은 "밥상머리"로 매번 돌아오게 되는지 모르겠다. 시인은 이런 자신을 응시하며 산다는 것이 무엇인지에 대해 고민한다. "더 이상 갈 데가 없었다"라는 마지막 문구에서는 정말로 걷던 걸음을 멈추게 될 것 같다.

세상 같은 건 알지 말걸 그랬다
사람 같은 건 알지 말걸 그랬다

세상의 얼굴에는 두께가 있고
세상의 길에는 갈림길이 있는 걸 알았더라면

집을 나서지 말걸 그랬다
길을 떠나지 말걸 그랬다

누군가 웃는 일에 누군가 울어야 하고
어떤 희망이 또 다른 절망이 되는 걸 알았더라면

마당에 꽃이나 가꾸고
창가에 바람이나 닦을걸 그랬다

세상 모든 앎의 시간 위에는 거울이 있어
가여운 너와 나의 삶을 비추는 걸 알았더라면

한마디라도 덜 들을걸 그랬다
한 사람이라도 덜 만날걸 그랬다

                       — 「사유의 편력」 전문

　이 시는 후회와 깨달음이 짙게 배어 있는 작품으로 앞선 작품과 만나는 지점이 있다. 삶의 통찰을 그린다는 점에서 그렇다. 시인은 이 작품에서 세 번의 후회와 세 번의 깨달음을 이야기한다. 갈림길이 존재했었기에 함부로 길을 떠나지 말았어야 했다는 것이 첫 번째 후회(깨달음)이고, 누군가의 소중한 희망은 다른 이에게는 절망이 될 수도 있다는 것이 두 번째 후회(깨달음)이다. "세상 모든 앎의 시간 위에는 거울이 있어/가여운 너와 나의 삶을 비추는 걸 알았더라면" 주변 사람들의 말을 덜 듣고 덜 만났어야 했다는 것이 마지막 후회(깨달음)이다. 시인의 이러한 고백은 우리로 하여금 지나온 과거를 다시 쳐다보게 만든다.

　무엇보다도 이러한 후회는 가보지 않고는 이야기할 수 없는 말이다. 삶 자체는 사후적으로 후회를 동반할 수밖에 없다. 따라서 이러한 고백은 역설적이게도 힘겨운 삶을 열심히 살아냈다는 것을 의미한다. 산다는 것은 무엇일까. 행복하다는 것은 무엇일까. 이런 질문을 독자들에게 질문하게 한다는 점에서 박은주 시인의 작품은 의미가 있다.

이 지면에서는 성찰과 관련된 두 작품만을 예로 들었으나, 독자 여러분들께서는 시집을 천천히 읽으며 이런 흔적들과 마주하기 바란다. 독해하는 과정에서 독자들은 자연스럽게 "얼굴에서 입이 눈 아래 있는"(「몸의 구도」) 이유를 알게 될 것이고, "못 보다가 떠날 때야 가슴"(「행운에 대한 추론」)을 내리쳤던 그때의 그 시절을 다시 회상할 수 있을 것이다. 더 나아가 "끝까지 사람이 그리워하는 것은 사람"(「사람 그 쓸쓸한 이름」)인 이유를 깨닫게 될 것이다.

산다는 것

시인은 산다는 것이 무엇인지에 대해 질문한다. 이 질문은 누군가의 생을 쫓아가 기록하는 것이 아니라, 자신이 발붙이고 있는 땅에서 직접 겪고 느낀 감정을 적는다는 데 의미가 있다. 그렇다면 시인은 지금 어떤 삶을 살고 있을까.

> 고추 모종 아홉 포기가 누렇게 얼굴이 뜨고 있는 건
> 팔려가지 못해 젊음을 놓치고 그만 늙어버렸기 때문
>
> 그랬다 우리는 늘 누군가 사주기를 기다리면서
> 젊음을 시간을 고백을 생각을 사주기를 기다리면서

우리의 젊음이나 시간이나 희망이나 이름을
그 값으로 주면서 또 받으면서

사고 팔면서 팔고 사면서 시들어가는구나, 시들어가
풀벌레처럼 파르르, 거리는구나 파르르거려

한물간 삶도 꼭 끌어안고 놓지 않는 속살 같은 그 무엇
꼬옥 끌어안고서 늙어가는 모종을, 시간에 심는다

살아가는 동안 버릴 수 없는 슬픔 하나 거름으로 얹히면
너는 나에게 나는 너에게 떡잎 하나로 매달릴지도 몰라

— 「시간을 붙들며」 전문

　시인은 누렇게 빛이 바랜 고추 모종 아홉 포기를 보고 있다. 이
고추 모종을 보면서 늙음에 대해 말한다. 여기서 늙음은 젊음과
비견된다. 즉, 늙은 것과 늙지 않는 것을 동시에 떠올리게 해 준다.
고추 모종이 팔리지 않아 쓸모가 없다는 생각은 인간의 늙음과 만
난다. 푸른 잎은 젊음이고 누런 잎은 늙음이기에 상식적으로 쓸모
가 소실된 누런 고추 모종은 선호되지 않는다. 하지만 시인의 눈
을 통과하는 과정에서 쓸모없음은 쓸모 있음으로 변주한다.
　고추 모종이 누렇게 변해 시들시들 해 졌지만, "한물간 삶도 꼭
끌어안고 놓지 않는 속살 같은 그 무엇"이 존재한다는 것이다. 이
순간을 붙잡는 것이 더 중요하다고 시인은 생각한다. 그래서 쓸
모없음을 쓸모 있는 것으로 치환하기 위해 늙은 고추 모종을 품는
다. 물론, 이러한 발언 속에는 시인 자신의 삶도 녹아 있다. 연민의

감정은 자연스럽게 나와 유사한 대상과 어울리는 것이니까. 시인은 누렇게 얼굴이 뜬 고추 모종을 자신과 동일시했을 것이다. 그녀는 끝을 쳐다보고 있다.

끝을 쳐다보는 것은 과거를 응시한다는 말로 바꿔 생각할 수 있다. 그래서 시인은 과거의 자신을 쳐다본다. 자신을 쳐다보는 과정에서 꿈꾸었던 지난 시절을 응시한다. 이 과정 속에서 재생된 시로 느껴지는 「출세에 대한 편견」은 독자들로 하여금 많은 깨달음을 선사한다. 같이 읽고 싶어 인용한다.

출세를 할 수 있을까
아니야 출세는 못 하는 거야 그냥 꿈만 꾸는 거야
학교 다닐 땐 죽어라 공부하며 일등을 바라보지만
일등은 하는 애들이 딱 정해져 있지
졸업을 하면 대기업에 취직을 꿈꾸지
하지만 대기업은 꿈만 꾸다가
월급이라도 꼬박꼬박 받길 바라지
그러고는 멋진 상대를 만나 결혼을 꿈꾸지만
딱, 나 같은 사람 만나 연애하다 결혼하는 거야
아이가 생기면 아이에게 꿈을 떠넘기지
너는 위대한 사랑의 결실이라고
가족은 똘똘 뭉치는 거라고
같은 숟가락을 빨며 엉겨 살아가는 거야
그게 보통 사람들의 평범한 삶이지
짱, 한번 먹어보겠다고 한철을 미친 듯이 살다가
어느 길목에 버려두고 온 나를 찾으며 깨닫는 건
보통 사람이 보통으로 살아가려면

정말 열심히 살아야만 한다는 거지
가끔 성공이라는 목표의 지점을 한 단계씩 내리면서
꿈의 크기도 줄어드는 거지
그렇게 허리가 굽고 몸의 키도 줄어들면
인생의 무게도 가벼워지는 거지
그러니까 출세는 하는 게 아니야
살다가 가끔 쳐다보며 웃는 별 같은 거지

—「출세에 대한 편견」 전문

출세는 사회적으로 높은 지위에 오르거나 유명해지는 것이다. 하지만 모든 구성원들이 높은 지위에 오를 순 없다. 시인은 출세가 만만치 않음을 잘 안다. 모순적인 사회구조 때문에 그렇게 될 수밖에 없음을 무의식적으로 체득한 것이다. 시인은 고백한다. "짱, 한번 먹어보겠다고 한철을 미친 듯이 살다가/어느 길목에 버려두고 온 나를 찾으며" 깨달았던 것은 보통 사람처럼 살아가는 것도 쉽지 않다는 것을 말이다. 보통 사람처럼 살기 위해서는 정말로 열심히 일해야 했다. 시인은 이러한 깨달음으로 인해 출세를 위해 쫓았던 지난 시절에 헛웃음을 보낸다. 그래서 "성공이라는 목표의 지점"을 한 단계 내리는 것도 나쁘지 않다고 말한다. 그러면 인생의 무게도 가벼워진다는 논리다. 시인의 입장으로 돌아가 곰곰이 생각해 보면 "살다가 가끔 쳐다보며 웃는 별 같은" 것이 정말로 출세인지도 모르겠다.

한 박자 쉬고 다음과 같이 몽상한다. "허기도 비틀거림도 그 흔적 그대로 남는"(『인생』) 것이 인생일진데, 출세라는 것이 있기는 한

120

것일까. "산다는 것은 우는 일이고 운다는 것은 살아 있는 힘"(「다시, 설정하다」)일 텐데, 인생의 우열을 가릴 수 있을까. 시인의 이런 애틋한 시선 때문인지는 모르겠지만 '타인'을 그린 작품들도 소중하다고 생각한다. 이 작품[7]들을 이 지면에 온전히 다루지는 못하지만 독자들께서 꼭 읽어주셨으면 좋겠다. 그렇다면 시인은 어떤 사람일까.

시인(詩人)

그녀는 "나무의 울음"(「바람의 구도」)을 들을 수 있는 사람이다. "무얼 잃어버린 거 같은 마음에/괜히 가슴을 쓰다듬으며/창문을 닫지"(「바람 부는 날」) 못하는 섬세한 사람이다. "어느 한순간도 나의 선택이 아닌 적은 없었고 그 무엇도 그 결과가 아닌 적은 없었다"(「사람의 문제」)고 자신을 냉철히 응시할 수 있는 멋있는 사람이다. 그렇다. 그는 시인이다.

눈에 꿀 한 방울씩 떨어뜨렸다
꿀이 눈병을 낫게 한다기에

서리 맞은 어린 뽕잎을 끓인 물로 눈을 씻었다

---

7 「가을에 부는 봄바람은요」, 「방충망 장수의 말」, 「그림자 속으로」, 「버스 안에서」, 「긍정적인 비밀」, 「절대 시간」, 「지우면 안 되는 말」 등의 작품이 이에 해당된다.

어느 옛사람이 그렇게 눈병을 고쳤다기에

눈으로 연결된 혈자리마다 뜸을 놓았다
뜸을 놓을 때마다 기도를 했다

보게 해주세요…… 제발 보게 해주세요

눈이 먼 음악가도 있고 눈이 먼 화가도 있지만
눈이 먼 시인은 없다고 누가 말했다
눈이 멀면 시를 쓸 수 없는 거라고

그때야 알았다
시인은 세상을 보고 세상을 말하는 눈이라는 걸

—「시인」 전문

　그녀는 "시인은 세상을 보고 세상을 말하는 눈이라는 걸"을 잘
알고 있다. 그래서 "보게 해주세요…… 제발 보게 해주세요"라고
기도한다. 이러한 태도에서 그녀가 정말로 잘 보려고 애썼다는 것
을 알 수 있다.

아무리 원해도 잘 오지 않는 것
웃고 떠드는 눈으로는 볼 수 없는 것
나를 텅 비우고서야 겨우 나를 불러주는 것
마침내 나도 낮고 어둡고 깊어지는 것

—「시인 백서」 부분

시인은 위의 구절을 가슴 깊이 새긴다. "간곡함의 가장 아득한 곳에 사는 슬픔"과 "슬픔의 가장 아득한 곳에 사는 희망"을 부여 잡고자 했던 것도 비슷한 맥락에서 이해될 수 있다. 박은주 시인은 이 시집을 꾸리기 위해 안으로 밖으로 몸을 힘차게 굴렸다. 코로나-19 시대로 인해 시인의 '눈(目)'이 흐릿해지고 "감성이 사라져"(어처구니없게도 2) 버렸을지라도 그녀는 시인으로서 이 자세를 오래도록 유지할 것 같다.

사회

그렇다면 자연스럽게 이런 시선을 가진 시인이 어떻게 사회를 응시[8]할까. 이 부분에 대해 생각해 보는 것은 흥미롭다. 어떤 몸을 품고 있는지에 따라 세상은 다르게 보이기 때문이다.

> 시장 상인들이 시위를 할 때
> 노점상들은 그곳에 끼어들 수 없다
>
> 일용직 노동자나
> 학자금 대출을 받은 편의점 알바생은
> 비정규직을 정규직으로 전환시켜달라는 시위 같은 건
> 감히 엄두를 내지 못한다

---

8 「하루살이의 초상」 「생물학 개론」 「지우면 안 되는 일들」 「순천 박가네 소인배」 등의 작품이 이에 해당된다.

그러니까 정말로 가난하면 아무것도 할 수가 없다
정말로 아무것도 못하는 그런 가난이 있다

길바닥에 쪼그리고 앉아
두 개에 천 원 하는 애호박이나
세 묶음에 천 원 하는 깻잎을 담고 있는
빨간 소쿠리처럼

딱, 그 자리에 발목 잡힌 가난이 있다
아무것도 쌓을 수 없는 티끌 같은 가난이 있다

일본이 백색 국가 목록에서 우리나라를 제외한 후
일본 제품 불매 운동 일인 시위가 뜨거울 때도
그 목소리에 끼어들지 못하는

기가 죽은 허기가 있다
하루살이 같은 하루의 가난이 있다

—「하루살이의 초상」 전문

  시인은 이 작품에서 '몫 없는 이들'에 대해 다룬다. 말할 수 없
는 존재들에 대해 시선을 옮긴다. 시인의 말대로 "정말로 아무것
도 못하는 그런 가난"에 대해서 논한다. 사회와 관련된 작품이라
면 이러한 사유가 우리 곁에 살아 숨 쉬어야 하지 않을까. 이 빈틈
을 진지하게 쳐다봐야 하지 않을까.
  시집에서 확인할 수 있는 것처럼 그녀의 몸은 젊지 않다. 그래
도 시인은 늙지 않는다. 늙지 않는 것이 시인이라면 그의 정신과

영혼은 여전히 젊다고 볼 수 있다. 시집이 쏟아지고 있는 이 시기에, 누가 어떤 시집을 냈는지조차 알기 벅찬 이 시기에 난 당신의 팬이 되었다. 그러니 더 힘차게 더 간곡하게 자신의 색과 삶과 믿음을 밀고 나가길 바란다. 주목을 받지 못하더라도 시에 거짓이 없다면 누군가에게 힘이 될 수 있다. 이 작은 힘이 당신 또는 독자의 인생을 바꿔준다면 그것 하나만으로도 의미 있다. 문운을 빈다.

文鍾弼 | 문학평론가

푸른사상 시선 148

나는 누구의 바깥에 서 있는 걸까